D1060448

pega tu foto aquí

SOY

- -

Dirección de proyecto gráfico: Trini Vergara

© 2012 V&R Editoras • www.vreditoras.com

ARGENTINA: Demaría 4412 (C1425 AEB) Buenos Aires
Tel./Fax: (54-11) 4778-9444 y rotativas
e-mail: editorial@vreditoras.com

MÉXICO: Av. Tamaulipas 145, Colonia Hipódromo Condesa
CP 06170 - Delegación Cuauhtémoc, México D. F.
Tel./Fax: (5255) 5220-6620/6621 • 01800-543-4995
e-mail: editoras@vergarariba.com.mx

ISBN: 978-987-612-530-7

Impreso en China
Printed in China

Diciembre de 2012

Cané, Raquel
Soy / Raquel Cané; ilustrado por Raquel Cané.
1a ed. Ciudad Autónoma de Buenos Aires: V&R, 2012.
36 p.: il.; 22x20 cm.

ISBN 978-987-612-530-7

1. Literatura Infantil. I. Cané, Raquel, ilus. II. Título
CDD 863.928 2

SOY

Texto e ilustraciones de Raquel Cané

V&R
EDITORAS

¿Sabes algo?

No tengo los ojos
juntitos como
el tío Isidro.

Ni la nariz respingada de la tía Clotilde.

Ni soy forzudo como el primo Pedro.

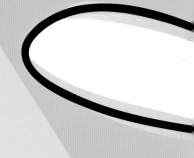

Tampoco tengo el estilo pop
de mi hermano Ernesto.

Mis cachetes no son tan rosados
como los de la abuela Margarita.

Ni tengo las piernas esbeltas
de mi hermana Catalina.

Ni tengo la barriga gigante

del abuelo Máximo.

No luzco el bigote de mi papá.

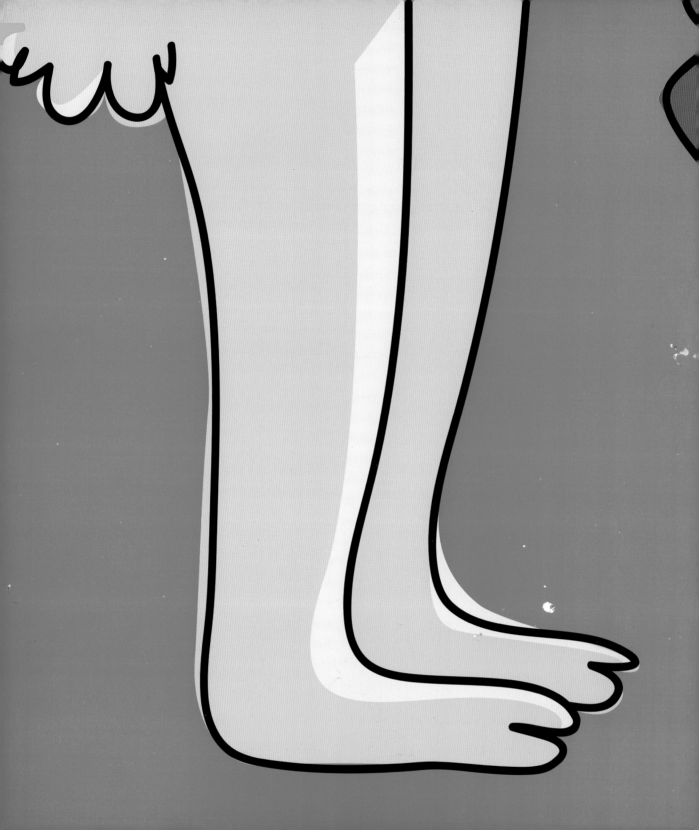

No soy tan alto como el primo Fortunato.

No, mamá. No.
Soy yo, Roberto. Igualito a mí.

Raquel Cané

Nació en Santa Fe (Argentina), a dos cuadras de una laguna.

La playa fue su sala de juegos durante mucho tiempo.

Desde que tiene memoria, dibuja, canta, baila y cuenta historias.

Con todas esas pasiones y una gran cuota de talento ha construido su oficio.

Hoy, radicada en Buenos Aires, es diseñadora editorial e ilustradora; escribe,

trabaja en sus propias historias (y en las de otros), compone canciones

y le cuenta, a quien quiera oírla, que tiene el privilegio

de ser mamá de dos niñas, Francisca y Serena.